U0559809

念起

王庆丰 著

ZHEJIANG UNIVERSITY PRESS
浙江大学出版社
·杭州·

目　录

中　元 /1

楠溪江竹渡 /2

神仙居 /3

桂花迟 /4

仙华山 /5

青　瓜 /6

晚　舟 /7

钱塘中秋 /8

栾　花 /9

萱　草 /10

立秋前逢雨 /11

登越王古道 /12

神　女 /13

游万马渡 /14

偶　感 /15

徂暑后遣怀 /16

悼久尔书记 /17

阴阴雨 /18

梦中行 /19

梦 /20

秋　眠 /21

江　雪 /22

白露望妻 /23

红　梅 /24

子　昂 /25

夜　籁 /26

稚　儿 /27

微　尘 /28

春日寒雨 /29

旧　居 /30

晚晴春日 /31

韭菜花 /32

年前立春 /33

忆少年 /34

元宵感怀 /35

十五怀月 /36

琴　岛 /37

秋　懒 /38

行宇宙 /39

冬　雾 /40

元旦作 /41

除夕春近 /42

柳　絮 /43

春游记 /44

夏日逢雨感而作 /45

花姑娘 /46

清明踏春 /47

红落叶 /48

素　女 /49

忧心曲 /50

寻　仙 /51

晚　霞 /52

咏　葱 /53

疫情有感 /54

六月雨 /55

三月春思 /56

夏　月 /57

山　雨 /58

落　叶 /59

古今感怀 /60

中河高架下石桥旁夜坐感而赋 /61

妇　泪 /62

宝　剑 /63

蝉　泣 /64

除夕回村 /65

九月柯亭看花 /66

请菩萨 /67

今夜咏怀 /68

夏　蛙 /69

春夜听雨 /70

与蜀友 /71

中 元①

中元烧白衣，怪肆过暗林。
人间半为鬼，子夜啼相亲。

注释

① 作于 2022 年 8 月 12 日，农历七月十五。中元：汉族传统节日"三元"之一。"元"是始、开端的意思，农历正月为一年之始，故称元月。古代术数家以第二甲子为"中元"，即农历七月十五（在广大南方地区，俗称"七月半"），这一天是汉族人祭祀亡故亲人、缅怀祖先的日子，也是重要的"八节"之一。中元与上元、下元合称"三元"。上元为正月十五（元宵节），中元为七月十五（中元节），下元为十月十五。

楠溪江竹渡 [①]

巍巍碧嶂山，泄泄 [②] 楠溪上。
一篙 [③] 夫唱晚，若渡半生狂。

注释

　　[①] 作于 2021 年 10 月 4 日。楠溪江之美，在于巍巍青山，在于碧水潺潺，而在碧水之上青山之间漂流，使人内心安然。

　　[②] 泄泄（yì）：闲散自得的样子。

　　[③] 篙（gāo）：用竹竿或杉木等制成的撑船工具。

神仙居 ①

天高鸟稀飞，云深树浥②绿。
何日得长息③？共此神仙居。

注释

①神仙居：神仙居景区是仙居国家公园核心区，国家级风景名胜区，国家5A级景区。古名天姥山，又称韦羌山。山上留有清朝乾隆年间县令何树萼题"烟霞第一城"，意云蒸霞蔚之仙居，景色秀美，天下第一。

②浥（yì）：湿润的样子。

③长息：在古语中，是长叹的意思。汉代东方朔《答客难》中有"东方先生喟然长息"。在现代语中，是长时间休息或永久长眠的意思。

桂花迟 ①

秋深人影瘦 ②，气暖桂花迟。
彻夜泠 ③ 侵骨，寒香入梦时。

注释

① 作于 2021 年 10 月 21 日。今秋天气偏暖，桂花一直不开，直到最近几天开始转冷，某一天夜晚，桂花得以偷偷绽放。

② 人影瘦：深秋天气转寒，人身体微缩的样子。

③ 泠（líng）：清凉。

仙华山 ①

试胆 ② 江城 ③ 北，迢迢 ④ 陟 ⑤ 岵 ⑥ 瞻。
天高风问道，澹澹 ⑦ 仙华山。

注释

①作于 2021 年 9 月 20 日中午。仙华山：位于浙江省金华市浦江县，该山是以山水文化和儒家文化及宗教文化为内涵，以山顶峰林、江南第一家为特色，融人文景观与自然景观为一体，以观光览胜、休闲度假为主要功能的风景旅游区。

②试胆：有两层含义，一是仙华山有一处小景点叫试胆石；二是仙华山险峻，攀爬是需要胆量的。

③江城：金华市浦江县城。

④迢迢（tiáo）：遥远的样子。

⑤陟（zhì）：登上。

⑥岵（hù）：多草木的山。

⑦澹（dàn）：恬静、安然的样子。

青 瓜 ①

黄花开尽碧绿成，玉骨入喉冰肌生。
不知何时向桃源？长伴青君牛马耕。

注释

① 作于 2022 年 9 月 5 日。

晚　舟 ①

中秋过四日，离家已三年。
晚棹 ② 舟一叶，归心俱好眠。

注释

① 作于 2021 年 9 月 25 日晚，欣闻孟晚舟女士归国，以此为之纪念。
② 棹（zhào）：划船。

钱塘中秋

桂子幽香暗，钱塘夜水寒。
一轮圆月满，寂寂启家函。

栾　花

秋雨愁人世，栾花艳圃^①东。
何如开众众？璀错^②满柯城^③。

注释

①圃（pǔ）：种植蔬菜、花草的园子或园地。

②璀错：繁盛的样子。

③柯城：既指作者现居住地绍兴市柯桥区，也指作者的故乡衢州市柯城区。

萱　草①

庭前种萱草，稚子行远遥。
母盼胡不归②？庭前种萱草。

注释

　　① 作于 2022 年 1 月 24 日。萱草是中国的母亲花，年轻的孩子即将远游，母亲在门前种下萱草；母亲的盼望一年年落空，只有门前的萱草越来越繁茂……

　　② 胡不归：语出《诗经》，"式微，式微，胡不归"，意为"天快黑了，天快黑了，为什么还不回家？"

立秋前逢雨 [①]

病卧软榻前，无蝉难以眠。
一夜楚雨 [②] 深，半阶秋意浅。

注释

[①] 作于 2022 年 8 月 7 日（立秋）。

[②] 楚雨：犹苦雨，比喻相思之泪。引唐胡曾《车遥遥》诗："自从车马出门朝，便入空房守寂寥……脸边楚雨临风落，头上春云向日销。"

登越王古道 ①

近晚登古道，幽鸟鸣竹林。
日落青山远，更远是独行。

注释

① 作于 2021 年 1 月 9 日 18 时左右。山脚是一个山坳，前半段山路没有阳光；到了半山腰开阔处，突然就能看到一轮落日，霞光万道。这是傍晚登越王岰的独特之处。越王古道：位于浙江省绍兴市柯桥区夏履镇越王岰。

神 女 ①

神女也不眠，轻袿 ② 来相见。
夜曲二十字，巫山二十年。

注释

① 作于 2022 年 11 月 18 日。
② 袿（guī）：妇女的上衣。

游万马渡 ①

万马渡青山，千溪吼晴岚 ②。
蹀躞 ③ 白云下，极处是清潭。

注释

    ① 万马渡：位于浙江省天姥山、天台山两座名山夹峙的峡谷间的一条小溪里。溪水响声震天，犹若万马奔腾。

    ② 晴岚：晴日山中的雾气。元代张养浩《水仙子·咏江南》有云："一江烟水照晴岚。"

    ③ 蹀躞（xièdié）：小步行走的样子。

偶　感^①

时觉天地浅，常叹寸心深。
江边垂纶者，静候命运人。

注释

① 作于 2022 年 10 月 13 日。

徂暑^①后遣怀

徂暑薄蝉稀闻音，秋愁黄叶入眉心。
诗人自古多清贫，我与富贵两相邻。

注释

① 徂（cú）暑：指季夏，即农历六月。《诗·小雅·四月》："四月维夏，六月徂暑。"

悼久尔书记 ①

重重 ② 夜气压柯桥，
憀憀 ③ 鹈鴂 ④ 哀肃萧。
何期天老君不老，
共尔满山杜鹃娇。

注释

① 久尔书记：2021 年 5 月 28 日晚，绍兴市柯桥中学老书记沈久尔
同志作古。

② 重重：层层或程度非常深。刘大白《再造·新秋杂感》："一片片，
一重重，蓬蓬松松，湿云满空。"

③ 憀憀（liáo）：悲切的情绪；

④ 鹈鴂（tíjué）：杜鹃鸟。

阴阴雨

小院阴阴雨^①，落花俱无情。
去年同此日，双燕^②绕檐鸣。

注释

①小院阴阴雨: 语出清代蒋春霖《卜算子》,"燕子不曾来,小院阴阴雨"。
②双燕: 古诗词中常用双燕指代恋人、夫妻。李白《双燕离》诗云:
"双燕复双燕，双飞令人羡。"

梦中行 ①

我欲单马行天涯，一杯烈酒壮苦胆。
人生多少忧愁事，不过瘦马踏玉关。

注释

① 作于 2022 年 9 月 20 日。

梦

一夜四十^①梦，皆在浅浅中。
南国^②若有风，为我解心慵^③。

注释

① 四十：作诗文时，作者四十岁。一个人到了四十岁，经历了许多坎坷，更容易日思夜梦。

② 南国：古代泛指江南一带。

③ 心慵（yōng）：心意懒散。

秋　眠 ^①

睡意赖云巅，秋风催我眠。
仙人入梦里，点化长生缘。

注释

① 作于 2022 年 10 月 2 日。

江　雪

江南少大雪，晨起突然来。
非是无缘故，地白天上哀。

白露望妻 ^①

白露夜未雨，寒蝉鸣天际。
人生自在事，望妻织儿衣。

注释

    ① 作于 2021 年 9 月 7 日。白露："二十四节气"中的第 15 个节气，秋季第 3 个节气，是反映自然界寒气增长的重要节气。

红　梅[①]

天地白茫茫，枝头点红妆。
欲问梅美人，悄悄为谁忙？

注释

①作于 2022 年 2 月 3 日。

子 昂①

俯瞰世苍茫②，余弗及③子昂。
我故诗还在，何须百岁长。

注释

① 作于 2022 年 3 月 2 日，读子昂诗有感而作。子昂：陈子昂，初唐诗人。

② 苍茫：陈子昂创作的《登幽州台歌》是一首吊古伤今的生命悲歌，充满古今苍茫之感。

③ 余弗及：我不及。

夜　籁①

昭昭②月犹在，杳杳③闻夜籁。
我有向佛心，翛然④尘世外。

注释

① 作于 2021 年 11 月 11 日晚，回家路上见天上弯月，于如水寒夜
中那一瞬间仿佛置身世外。

② 昭昭（zhāo）：明亮。

③ 杳杳（yǎo）：隐约，依稀。

④ 翛（xiāo）然：无拘无束的样子。

稚　儿 [1]

冬日晴好天，柿红柚黄浅。
归去路途远，稚儿车后眠。

注释

　　[1] 作于 2021 年 11 月 16 日。冬日的周末，一家人去山里摘柿子和柚子，回家路上，小儿困乏睡去。

微　尘

身在微尘^①里，无逃于天地^②。
吾宁三千雨，归落故园西。

注释

①微尘：极细小的尘埃。《增广贤文》云"来如风雨，去似微尘"，人生的归宿亦是微尘。

②无逃于天地：语出《庄子·人间世》，"天下有大戒二：其一命也，其一义也。子之爱亲，命也，不可解于心；臣之事君，义也，无适而非君也，无所逃于天地之间"。

春日寒雨

昨夜寒风北来急，城东樱花 ^① 尽凋零。
岂知春日几多雨 ^②，愁极不免湿心情。

注释

①城东樱花：在柯桥城东瓜渚湖东岸公园，有一片樱花林，是绍兴一带著名的赏樱地之一。

②春日几多雨：作于 2020 年 3 月 27 日，初春季节，江南一带常多雨，所谓"春寒料峭"。

旧　居^①

昨日返旧居，贫屋皆草蔽。
左邻重唏嘘，莫怪流年疫。

注释

　　① 作于 2022 年 12 月 30 日。

晚晴春日 ①

今日天气佳，日暮化血马。
斜晖弄芦苇，清吹 ② 梦蒹葭 ③。

注释

① 作于 2020 年 2 月 23 日。
② 清吹：风轻轻地吹，似演奏音乐一般。
③ 蒹葭（jiānjiā）：蒹，没长穗的芦苇；葭，初生的芦苇。

韭菜花 ①

待那酷暑尽，绿韭白花心。
飞虫何曾来？淡淡品香馨。

注释

① 作于 2023 年 9 月 1 日。屋顶小菜园，三茬韭菜不及割采，开出白色的花球，淡淡的香气在晚风中浮动。

年前立春①

年前逢立春，腊梅舞东风。
来年恐无春②，新人不成婚③。

注释

①立春：二十四节气之一。我国习惯上以立春为春季的开始。

②无春："无春年"是指农历全年都没有立春的年份。为了适应寒暑的变化，古人在农历每19个年头中加入7个闰月，导致19个年头里有7年里没有立春。

③民间盛传"寡年无春，不宜结婚"，绍兴一带是比较相信的，但这是没有科学依据的。

忆少年

常忆少年时，意气天地驰。
空山采华芝^①，四十不自知。

注释

①华芝：植物名，即灵芝。唐代李商隐《东还》诗云："自有仙才自不知，十年长梦采华芝。"

元宵^①感怀

今夜月最圆，应是团圆节。
回忆在庭前，凄凄二十年。
万里明月夜，萤虫^②独自怜。
心念远方人^③，欲泪已不言。

注释

①元宵：农历正月十五日夜晚。因为这一天叫上元节，所以晚上叫元宵。

②萤虫：这里指萤火虫，其腹部末端有发光器，夜间能看到它发出的带绿色的萤光。

③远方人：这里指故乡的人。唐代白居易《夜雨》诗云："我有所念人，隔在远远乡"。

十五怀月 ①

瓜渚 ② 水不深，西楼应归人。
传闻月无穷，噍类 ③ 皆有份。

注释

① 作于 2022 年 9 月 10 日，中秋节夜。
② 瓜渚：瓜渚湖，位于绍兴市柯桥区，湖面广阔，风景秀丽。
③ 噍（jiào）类：能吃东西的动物，特指活着的人。

琴　岛^①

八月青青岛，风推浪浪潮。
琴歌如有信，夜色岂无聊？

注释

　　① 作于 2023 年 8 月 9 日。青岛，又名琴岛。

秋　懒①

坦腹绿荫里，神冥半太虚。
风吹鹭鸟回，水动波如许。

注释

①作于 2021 年 10 月 31 日。秋日晴好，我懒散地躺在公园草地上，沐浴着日光。远处湖心岛上鹭鸟盘旋来回，偶又钻入湖中觅食，泛起层层涟漪。平凡的懒散，处处透着生活的真谛。

行宇宙 ^①

夜寐^②恨长灯，新结成旧梦。
悠悠行宇宙，杳杳未全僧^③。

注释

① 作于 2021 年 11 月 25 日丑时，为梦醒后作。笔者以梦为马，行
走在宇宙，感悟人生道理。

② 寐（mèi）：睡觉。

③ 全僧：完全的僧人，这里可引申为完全淡泊的意思。

冬　雾^①

雨轻未肯落，人微言不多。
冬雾锁目光，天低似可捉。

注释

① 作于 2021 年 12 月 22 日。

冬　雾 [1]

雨轻未肯落，人微言不多。
冬雾锁目光，天低似可捉。

注释

① 作于 2021 年 12 月 22 日。

元旦作 ①

昨日夜已旧，薄晨接新天。
犹见鬓边雪，依稀似去年。

注释

① 作于 2022 年 1 月 1 日。

除夕^①春近

每觉除夕春将近，梅花开过柳芽稀。
满天烟火如笑语，自是新年胜旧昔。

注释

① 除夕：农历一年最后一天的夜晚。

柳　絮^①

无端晴空飞白雪^②，原是柳絮嫁东风^③。
人生携手何相似，君在天涯亦相逢。

注释

　　①柳絮：柳树的种子。上面有白色绒毛，随风飞散如飘絮，所以
称柳絮。
　　②白雪：指白色的柳絮漫天飞舞，宛若下雪。
　　③东风：指春风。《红楼梦》第五十回："桃未芳菲杏未红，冲
寒先喜笑东风。"

春游记

春风吹我襟[1]，春日照我心。

与君春中行，天涯两知音。

注释

[1] 襟（jīn）：本义指衣服领口相交的部分，又指衣服的胸前部分。

夏日逢雨感而作 ①

都说春有泪，谁知夏无悴 ②？
春霖连凄厉，夏雨若天鬼 ③。

注释

①作于 2021 年 8 月 3 日上午，天降大雨，情景化为心景，有感而作。

②悴（cuì）：忧愁。

③天鬼：此处暗指夏天的雨来去无常，变化多端，又可引申为人生的不确定性。

花姑娘^①

圃中有仙子，自称花姑娘。

一笑百花香，为春解悲伤。

注释

　　① 花姑娘：喜欢种花赏花的姑娘。

清明^①踏春

清明时节外踏春^②，愁里看花厌此生。
不知多少春秋后，小儿垂拜怨无成。

注释

　　①清明：二十四节气之一，春季的第五个节气。清明时，气清景明，万物皆显，因此得名。

　　②踏春：即踏青。清明时节春光明媚、草木吐绿，正是人们春游的好时候。

红落叶 ①

萧瑟北来风，零落美人唇。
岂知无情客，不念旧温存。

注释

① 作于 2021 年 11 月 14 日。

素 女①

皎皎天边月，泠泠②素女心。
谁听琴弦上，夜夜觅知音。

注释

①作于 2022 年 3 月 8 日。素女：传说中的古代神女，与黄帝同时，或言其善于弦歌。

②泠泠（líng）：清凉、冷清的样子。

忧心曲 ①

心忧似柳絮，惶惶 ② 满天地。
如何忘我心，独坐白云里。

注释

① 作于 2021 年 6 月 3 日。

② 惶惶：恐惧不安。刘义庆《世说新语·言语》云："帝曰：'卿面何以汗？'毓对曰：'战战惶惶，汗出如浆。'"

寻　仙^①

寻仙蓬山^②中，林深易迷踪。
彳亍^③不知处，又听鬼哭冢^④。

注释

①作于 2021 年 7 月 3 日。世人迷茫，常执着于寻仙，然而寻仙又何曾有路？

②蓬山：即蓬莱山，相传为仙人所居。唐代李商隐《无题》诗云："蓬山此去无多路，青鸟殷勤为探看。"

③彳亍（chìchù）：慢慢走，走走停停。

④冢（zhǒng）：坟墓。

晚　霞^①

乱意^②不能平，起坐看昏华^③。
莫道夕阳晚^④，化作满天花。

注释

　　① 作于 2020 年 12 月 12 日。
　　② 乱意：心绪不宁的样子。
　　③ 昏华：傍晚的景色。
　　④ 李商隐《乐游原》诗云："夕阳无限好，只是近黄昏。"刘禹锡《酬
乐天咏老见示》诗云："莫道桑榆晚，为霞尚满天。"

咏 葱

芊芊[①]一柱青，挺立亦空心。
不羡牡丹艳，留香唇齿津。

注释

① 芊芊（qiān）：草木茂盛。

疫情有感 ^①

九州起悲风，流毒吹万里。
不知春何方？柳芽愁不已。

注释

　①作于 2020 年 1 月 27 日，因新冠疫情有感而作。

六月雨

六月多雨不多晴，丝丝白绦^①接天庭。
不论乞丐或锦衣，皆在人间修心情。

注释

①绦（tāo）：用丝编织的带子或绳子。贺知章《咏柳》诗云："碧玉妆成一树高，万条垂下绿丝绦。"

三月春思

三月如少女，思春 [①] 不自禁。
杨柳小吹风，细湿云影鬓。

注释

　①思春：三月是初春季节，故有"三月思春"之说。又可引申为少女思慕异性，即怀春、情窦初开。

夏　月

明月望星辰，白云如纱蒙。
湖里吹柔风，兴^①在一梦^②中。

注释

①兴（xìng）：兴致。王勃《滕王阁序》有云："遥吟俯畅，逸兴遄飞。"

②一梦：一场幻梦的意思。《列子·黄帝》有云："（黄帝）昼寝而梦，游于华胥氏之国。华胥氏之国在弇州之西，台州之北，不知斯齐国几千万里；盖非舟车足力之所及，神游而已。"后因称一场幻梦为"一梦华胥"。

山　雨

山中茅草屋，夜雨听到明。
草木更清新，崎岖路难行。

落　叶

卷卷柔风何时起？沙沙红叶低声吟。
秋风未解落叶意，为君离枝共长情！

古今感怀

老杜肺喘 ① 独登高 ②，铁生腿残 ③ 游地坛 ④。
自古才病两相依，幸如史杜不平凡。

注释

① 老杜肺喘：杜甫晚年得了很多种病，其中就有肺病。他在诗中屡屡言及自己的肺病，如"肺病久衰翁"，"高秋疏肺气"，"衰年肺病惟高枕"等。

② 登高：杜甫的《登高》被誉为"七律之冠"，诗云："风急天高猿啸哀，渚清沙白鸟飞回。无边落木萧萧下，不尽长江滚滚来。万里悲秋常作客，百年多病独登台。艰难苦恨繁霜鬓，潦倒新停浊酒杯。"

③ 铁生腿残：史铁生是中国著名作家，1969年去延安一带插队，因双腿瘫痪于1972年回到北京。

④ 地坛：地坛公园，位于北京市东城区安定门外大街，是史铁生常去的地方。《我与地坛》是史铁生的代表作之一。

中河高架下石桥旁夜坐感而赋

立秋夏意仍正浓，蝉儿高鸣唤清风。
一觇 [1] 心似水涓涓，何必人如夜空空。

注释

[1] 觇（chān）：窥视。

妇 泪

眼中泪难生，恨意从此逝。
去年情浓时，为君愿至死。

宝　剑

宝剑三年藏[①]，未曾试锋芒。

一剑惊萧杭[②]，一剑斩钱塘！

注释

①宝剑三年藏：笔者是高中数学竞赛教练，所带的学生经过三年学习，参加 2020 年 9 月 13 日全国高中数学联赛。

②萧杭：本次联赛的考试地点是学军文渊中学，位于杭州市萧山区。

蝉　泣

清风无力吹暑气，昏昏浮日①望庭绿。
共是人间惆怅客，君自长悲我自泣。

注释

　　①昏昏浮日：昏昏沉沉、感到无聊的日子。

除夕回村

心急一脚三百里，欲到村前万千结。
江边梅花依旧艳，能除旧夕换新节？

九月柯亭^①看花

九月夏去意无穷，柯亭碧玉^②自有容。
凌霄簇簇随风舞，可爱深红逊浅红。

注释

① 柯亭：柯桥中学西面小公园里的一个亭子。
② 柯亭碧玉：这里指坐在柯亭里吃午饭的几位女同学。

请菩萨 [①]

小小青蛇练蛟龙 [②]，金刚般若 [③] 置心中。
人道一世一劫难，却佑一生皆顺通。

注释

　①请菩萨：绍兴一带的一种习俗，择吉日吉时把菩萨请到家中供奉。

　②蛟龙：传说，蛇修炼千年化为蟒，蟒修炼千年化为蚺，蚺修炼千年化为蛟龙。

　③金刚般若：《金刚般若波罗蜜经》，简称《金刚经》。

今夜咏怀

弥年^①不得意，新岁又如何？
坐叹年华少，无处补蹉跎^②。

注释

①弥年：经年。明代归有光《与吴三泉书》云："弥年沉疴，无一日强健。"

②蹉跎（cuōtuó）：虚度光阴。

夏　蛙

夜深万物醉，夏蛙不知睡。
呱呱又呱呱，惊得卢犬吠。

春夜听雨

冷冷春雨幽幽倾，萧萧窗前肃肃听。
人间多少寥落客，不为天晴为雨惊。

与蜀友^①

山中有小伙，壮年亦多病。
言及五六十，意中已戚戚^②。

注释

① 蜀友：四川的一位朋友。
② 戚戚：忧惧、忧伤的样子。

图书在版编目（CIP）数据

念起 / 王庆丰著 . -- 杭州：浙江大学出版社，
2024. 8. -- ISBN 978-7-308-25094-8

Ⅰ . I227.7

中国国家版本馆 CIP 数据核字第 2024A3Z039 号

念起

王庆丰　著

责任编辑	李瑞雪
责任校对	吴心怡
封面设计	项梦怡
出版发行	浙江大学出版社
	（杭州市天目山路 148 号　邮政编码 310007）
	（网址：http://www.zjupress.com）
排　　版	杭州青翊图文设计有限公司
印　　刷	杭州宏雅印刷有限公司
开　　本	787mm×1092mm　1/32
印　　张	2.5
字　　数	40 千
版 印 次	2024 年 8 月第 1 版　2024 年 8 月第 1 次印刷
书　　号	ISBN　978-7-308-25094-8
定　　价	88.00 元